AF343187

4903. — PARIS. IMPRIMERIE DE CHARLES NOBLET

13, RUE CUJAS. — 1877

NOTICE

D'UN

BEAU MANUSCRIT

ORNÉ DE HUIT GRANDES MINIATURES

PROVENANT DE LA

Bibliothèque du duc DE LA VALLIÈRE

L'UNE DE CES MINIATURES REPRÉSENTE
LA REINE ANNE DE BRETAGNE ENTOURÉE DE SES DAMES D'HONNEUR

ET DE

DEUX LIVRES D'HEURES MANUSCRITS

AVEC MINIATURES

Dont la vente aura lieu le mardi 20 mars 1877
à cinq heures précises

HOTEL DES COMMISSAIRES-PRISEURS, RUE DROUOT

Salle n° 3

Par le ministère de Mᵉ **MAURICE DELESTRE**, commissaire-priseur
Successeur de Mᵉ DELBERGUE-CORMONT
27, rue Drouot, 27

Exposition publique le dimanche 18 mars 1877

PARIS

A. LABITTE		A. VOISIN
LIBRAIRE		LIBRAIRE
RUE DE LILLE, 4		RUE MAZARINE, 37

1877

NOTICE

D'UN

BEAU MANUSCRIT

ORNÉ DE HUIT GRANDES MINIATURES

PROVENANT DE LA

Bibliothèque du duc DE LA VALLIÈRE

L'UNE DE CES MINIATURES REPRÉSENTE
LA REINE ANNE DE BRETAGNE ENTOURÉE DE SES DAMES D'HONNEUR

ET DE

DEUX LIVRES D'HEURES MANUSCRITS

AVEC MINIATURES

Dont la vente aura lieu le mardi 20 mars 1877
à cinq heures précises

HOTEL DES COMMISSAIRES-PRISEURS, RUE DROUOT

Salle nº 3

Par le ministère de Mᵉ **MAURICE DELESTRE**, commissaire-priseur
Successeur de Mᵉ DELBERGUE-CORMONT
27, rue Drouot, 27

Exposition publique le dimanche 18 mars 1877

PARIS

<table>
<tr><td>A. LABITTE
LIBRAIRE
RUE DE LILLE, 4</td><td>A. VOISIN
LIBRAIRE
RUE MAZARINE, 37</td></tr>
</table>

1877

CONDITIONS DE LA VENTE

La vente se fait au comptant.

Les acquéreurs payeront 5 p. % en sus des enchères, applicables aux frais.

Les réclamations devront être faites dans les vingt-quatre heures de l'adjudication. Passé ce délai, ou une fois sortis de la salle de vente, les ouvrages adjugés ne seront repris pour aucune raison.

Il y aura exposition le jour de la vente, de UNE à DEUX heures.

Les libraires chargés de la vente rempliront les commissions des personnes qui ne pourraient y assister.

EPISTRES D'OVIDE

TRANSLATÉES EN FRANÇOIS

*Fesant mention des cinq loyales amoureuses qui fesoient complaintes
et lamentations, — avec l'épitaffe de ma Dame de Balzac, —
l'arrest pour la dame Sans Sy et l'appel des trois dames contre
icelle, — le tout en rimes.*

Pet. in-fol., mar. rouge, fil., tr. dor. (Rel. anc.)

Précieux manuscrit du commencement du seizième siècle, orné de
huit grandes miniatures. Le titre indiqué ci-dessus est écrit en rouge
et en noir, sur fond d'or.

Ce volume a fait partie de la bibliothèque du duc de La Vallière. Dans
le catalogue en trois volumes de cette bibliothèque, il est décrit sous
le n° 2873 (t. II, p. 295).

Nous reproduisons la notice très-détaillée consacrée à ce manuscrit par M. Le Roux de Lincy, l'érudit historien de la reine
Anne de Bretagne :

L'auteur de la note du catalogue La Vallière se trompe
en attribuant « l'épitaphe de feue Madame de Balzac » et les
deux pièces suivantes à Octavien de Saint-Gelais ; c'est l'œu-
vre d'un anonyme qui vivait à la cour d'Anne de Bretagne.
Dans la vie de cette reine de France, que j'ai publiée en
1860, j'ai eu déjà l'occasion de parler de ce petit poëme.
Voici l'analyse que j'en ai faite : « Dans la première partie

intitulée *Epitaphe de Madame de Balzac*, l'auteur fait de cette dame un éloge pompeux et déplore sa perte encore récente. Dans la deuxième qui a pour titre : *Arrêt de la louange de la dame Sans Sy*, le poëte assure que plusieurs *depputez par les dieux*, entre lesquels il nomme Cretin Robertet, Octavien, ayant recherché dans les histoires anciennes et modernes le nom d'une femme supérieure à la dame de Balzac, ont déclaré celle-ci d'un commun accord :

Seule sans per, la plus belle des belles.

Dans la troisième partie qui a pour titre l'*Appel interjecté par telles nommées dedans contre la dame Sans Sy*, l'auteur raconte que peu après que l'arrêt *au seul proffit de la dame Sans Sy* eut été rendu, il vint trouver les dames de la cour, croyant être le bienvenu. Elles étaient avec la reine et devisaient entre elles. En le voyant entrer, trois dames d'honneur qui « à part se tenoient et sembloient mener deuil » le firent appeler, désirant, dirent-elles, lui parler. Une de ces dames, Jeanne Chabot de Montsoreau, l'interpella vivement en lui demandant pourquoi il avait proclamé la dame de Balzac la dame sans pareille. « Est-elle donc plus sage que Pallas, plus chaste que Lucrèce, plus belle qu'Hélène ? » Blanche de Montberon lui demanda, à son tour, s'il était venu à la cour pour louer une seule dame et mépriser les autres. « Tout ce qu'écrivent les poëtes n'est pas véritable, » ajouta la troisième, la dame de Talaru, etc. (Voir, pour plus de détails, la *Vie de la reine Anne de Bretagne. Paris, Curmer*, 1860, t. II, p. 138.)

Le dame de Balzac dont il s'agit ici, doit être Marie de Balzac, femme de Louis de Mallet, sire de Graville, amiral de France, et mère de la célèbre Anne de Graville.

Elle mourut au mois de mars de l'année 1503, comme le

prouve son épitaphe qui se lisait jadis dans l'église des Céles-
tins de Marcoussy.

« SOUS CETTE TOMBE GIST LE CORPS

DE MADEMOISELLE DE BALZAC, DIGNE DE RECORS

POUR LA SAINCTETÉ DE SA VIE

QUI FUT DE CE MONDE RAVIE

PAR MORT EN DOULOUREUX ESTROIT

EN MARS L'AN MIL CINQ CENS ET TROIS. »

J'ai dit plus haut que ce manuscrit était orné de huit
grandes miniatures ; les cinq premières sont relatives aux
Epîtres d'Ovide ; chacune de ces miniatures, divisée en plusieurs compartiments, représente d'abord les Héroïnes des
Epîtres, dans le principal des compartiments ; les autres nous
retracent les différentes scènes de ces Epîtres, elles sont trai-
tées avec beaucoup d'habileté. Les trois dernières se rappor-
tent au poëme que j'ai analysé précédemment et sont très-
curieuses : la première nous fait voir la dame de Balzac
couchée dans un lit à couverture d'or ; elle vient d'être frap-
pée au cou d'une lance d'or dont est armée une vieille femme
montée sur un bœuf, et qui figure la parque Atropos. Près
du lit, se tient un personnage portant une couronne ducale,
couvert d'une robe de deuil, les mains croisées, et qui doit
être l'acteur ou le poëte, dont toute la contenance exprime le
chagrin. Les quatre petits compartiments du bas nous repré-
sentent l'apothéose et les funérailles de la dame sans pareille.
Dans la seconde des miniatures de cette partie, on voit une
dame vêtue d'une robe grise, doublée d'hermine, qui dicte
l'arrêt de la dame Sans Sy à un scribe vêtu de rouge, assis à
une table couverte d'un tapis bleu. La scène doit se passer

dans une salle du château de Blois. Dans le compartiment du bas où l'on reconnaît aussi les vestibules du même château, se trouvent trois personnages qui semblent diriger leurs pas vers les appartements du haut. Enfin la troisième miniature, divisée aussi en deux compartiments, nous montre dans le premier la reine Anne de Bretagne, vue de face, en pied, assise sous le dais royal, entourée de ses trois dames, c'est-à-dire les dames de Montsoreau, de Montberon et de Tallaru. Dans le compartiment du bas, ces mêmes dames font comparaître devant elles l'acteur ou poëte, pour lui adresser leurs reproches. Cette scène a dû se passer dans une galerie du château de Blois.

Ces trois miniatures ajoutent une grande valeur à ce manuscrit, qui bien certainement a dû être composé pour la reine Anne de Bretagne. Sur le dernier feuillet de garde, une note d'une écriture assez ancienne a été grattée avec soin.

HORÆ BEATÆ MARIÆ VIRGINIS

Gr. in-8, mar. rou., fil., dos et coins ornés, tr. dor. (*Reliure ancienne.*)

MANUSCRIT DU XVᵉ SIÈCLE SUR VÉLIN, contenant 65 feuillets, d'une
bonne écriture, exécutée par deux mains différentes. On y trouve
ONZE GRANDES MINIATURES, dont quelques-unes sont très-belles, QUA-
TORZE petites, et DOUZE autres petites miniatures dans le calendrier.

En outre, tous les feuillets sont ornés de riches bordures en or
et en couleurs, de dessins variés, représentant des arabesques, des
feuillages, des fleurs, des fruits, des oiseaux et des papillons, des-
sinés avec beaucoup de soin. Toutes les initiales, grandes et petites, sont ornées et peintes aussi en or et en couleurs.

Ce livre d'heures est curieux, en ce qu'il contient des parties en
français, et d'abord le calendrier, ensuite une pièce de vers, et enfin
une longue prière de six pages, vers la fin du volume.

La pièce de vers a pour titre : *Oraison à Nostre Dame par balade.*
En voici quelques strophes :

> O escharboucle reluysant
> Nuyt et jour sans obscurite,
> Emeraude tresclere luysant,
> Et saffir de securite,
> Dyamant de mondicite,
> Ruby rayant cler cõe flamme,
> Je vous requiers en charite,
> Ayez pitie de ma poure ame.
> > Ave Maria.

> O cyprez aromatizant,
> Palme de grant suavite,
> Hault cedre sur tous verdisant,
> Olive de fertilite.
> . . . .
> . . . .

> O rose tres odorissant
> Et vray lys de virginite,
> Violette tresfleurissant,
> Margarite d'humilite,
> Marjolaine de purite,
> Romarin flairant cõe basme,
> Par vostre grant benignite,
> Ayez pitie de ma poure ame.
> > Ave Maria.

Il manque malheureusement deux feuillets à ce manuscrit : le
1ᵉʳ feuillet de *Sexte*, et le 1ᵉʳ feuillet des *Psaumes de la pénitence*.

LIVRE D'HEURES

EN FLAMAND

In-8, relié en satin

Manuscrit du XVᵉ siècle, très-bien écrit en gothique, sur beau vélin fin, et contenant 206 ff.

Il est orné de quatorze grandes miniatures, une petite, et de nombreuses lettres initiales peintes en or et en couleurs. Les miniatures sont curieuses pour la naïveté des figures; toutes sont peintes sur fond d'or, et l'on peut en admirer le brillant coloris.

Un grand nombre de feuillets sont ornés de bordures composées d'arabesques curieuses et de feuillages variés, peints aussi en or et en couleurs. Dans deux de ces bordures se trouvent des armoiries qui sont : l'une de gueules au lion d'or, et l'autre de sable aux trois cols de cygnes. L'un des écussons est soutenu par une femme en costume et avec la coiffure du temps d'Agnès Sorel.

De plus, en haut de la seconde miniature représentant Ponce Pilate dans son palais, et l'arrivée de Jésus conduit par les soldats, on a placé dans un écusson les armes de l'empire d'Allemagne.

Ce manuscrit paraît être incomplet d'un feuillet.

3603. — Paris. Imprimerie de Ch. Noblet, 13, rue Cujas. — 1877.

RED. :

20

MIRE ISO N° 1
NF Z 43-007
AFNOR
Cedex 7 - 92080 PARIS-LA-DÉFENSE

graphicom

0 1 2 3 4 5 6 7 8 9 10